Hans Gerzlich

50 Shades of Beige

Gesammelte Anekdoten, Sprüche & Gedanken eines Best Agers in der Blüte des Verfalls

Im Gedenken an meinen Vetter Achim, der es leider nicht bis ins Alter eines passionierten Beigeträgers geschafft hat. Statt dessen Königsblau. Ein Leben lang - und darüber hinaus.

Ich bin noch
nicht zu alt für
diesen Scheiß!

Ich bin nur am
nächsten Tag sehr
müde.

Und am übernächs-
ten.

Und wenn doch,
dann bin ich lie-
ber zu alt für
diesen Scheiß, als
zu scheiße für
mein Alter.

DEMOGRAPHISCHER WANDEL

In der Zeitung steht auf der einen Seite, die Deutschen werden immer älter, auf der nächsten, dass das Rentensystem vor dem Zusammenbruch steht. Tja, einer muss ins Gras beißen, das Rentensystem oder Sie, geneigter Leser. Pardon, natürlich auch Sie, geneigte Leserin. Hier soll sich niemand zurückgesetzt fühlen. Und jeder von Ihnen hat doch die freie Wahl. Niemand muss doch schließlich mit aller Gewalt 85 werden. Die Zeiten sind nun einmal vorbei, wo einer 40 Jahre unter Tage malocht hat, und dann erst die Spitzhacke und ein paar Jahre später auch den Löffel abgegeben hat. Da hat das mit der

Rente noch gepasst. Insofern sind Feinstaubplakette und Kohleausstieg vielleicht ökologisch wünschenswert, aber ökonomisch doch eine Katastrophe.

Das haben die Damen und Herren in Berlin aber mittlerweile auch gemerkt, was die da für einen Mumpitz verzapft haben. Und nun kann der Staat dieses Problem nur auf zwei Arten lösen: Entweder muss er uns vor dem Rentenalter los werden, was er ja bereits versucht, zum Beispiel durch fehlendes Tempolimit auf den Autobahnen oder übermüdete Ärzte an den OP-Tischen - und erzielt damit ja auch schon ganz respektable Teilerfolge. Das reicht aber nicht, deshalb heißt unser Rentensystem übrigens auch Umlageverfahren: Weil man irgendwann damit anfangen muss, die ersten Rentner umzulegen, damit für die anderen noch was übrig bleibt.

Oder der Staat muss diese Loose-loose-Situation aufzulösen, indem er das Renteneintrittsalter immer weiter anhebt.

Warum dann nicht gleich Rente mit 97? Dann bräuchten sie gar nichts mehr auszuzahlen. Und es gibt doch genug Jobs, die man durchziehen kann, bis man auf dem Friedhof liegt: Papst zum Beispiel. Ok, der Benedetto ist auch in Rente gegangen. Aber erst mit 86 - da können sich aber mal alle Dachdecker und Fliesenleger ein Beispiel daran nehmen.

Ich darf ja schon mit 67 in Rente. Und die wäre dann so hoch, dass ich davon recht komfortabel leben könnte. Allerdings nur für elf Tage. Und statt auf eine Rentenerhöhung zu spekulieren, hoffe ich dann lieber, dass die bis dahin das Flaschenpfand erhöhen.

Das Kernproblem ist ja, es gibt immer weniger arbeitende Menschen, also Beitragszahler, und immer mehr Rentner, also Ruhestandsgeldempfänger. Und die werden auch noch immer älter. Oder anders ausgedrückt: Es kann durchaus vorkommen, das wir alle verkommen, wenn die

Vorfahren mit dem Einkommen der Nachkommen nicht mehr auskommen.

Nun haben wir unwissenden Seelen in den letzten Jahren und Jahrzehnten überall Babyklappen eingerichtet, aber keiner kriegt mehr Babies. Was wir einrichten müssen sind Seniorenklappen.

Das Dumme ist nur, so ein Baby ist ja schnell mal in so eine Klappe reingesteckt, aber diese Senioren werden sich dagegen wehren. Und zwar mit Erfolg. Weil die immer rüstiger werden. Sechzig ist das neue Vierzig - und damit ist nicht die Kaufkraft des Euro gemeint. Obwohl es rechnerisch hinkäme.

Früher war das Rentnerdasein ausgefüllt mit im Unterhemd im Fenster liegen, anderen beim Einparken zugucken und an der Supermarktkasse stundenlang das Kleingeld abzählen. Heute wechseln die nochmal den Partner, die sexuelle Orientierung oder das Geschlecht. Die laufen Marathon, fangen ein Studium an oder lernen autogenes Schweißen auf La Gomera.

Der demographische Wandel kostet auf der einen Seite viel Geld, weil wir immer mehr Kohle aus Steuergeldern in die Rentenkasse dazubuttern müssen - derzeit circa 130 Milliarden jährlich – aber die Überalterung hilft auch beim Einsparen von sozialen Kosten, weil zum Beispiel die innere Sicherheit sprunghaft ansteigen wird. Man liest doch ganz selten, dass ein Achtzigjähriger einem anderen Achtzigjährigen in der U-Bahn das Handy geklaut hat.

Ein anderer Effekt des demographischen Wandels wird der sein, dass in zehn oder zwanzig Jahren viele alte Herrschaften gleichzeitig ihre Häuser verkaufen müssen. Entweder weil sie Geld brauchen, weil deren Rente nicht mehr reicht. Oder weil sie irgendwann die Treppe in den zweiten Stock doch nicht mehr so ganz packen. Gleichzeitig wird es aber nicht mehr genug junge Leute geben, die als Käufer in Frage kommen, infolgedessen kommt es zu einem Angebotsüberschuss. Wenn Sie also stinkereich werden wollen, verkaufen Sie jetzt Ihr Haus und kaufen von dem Erlös Aktien von Treppenlifter.

Ergänzen Sie den folgenden Satz: „Ich bin mittlerweile in einem Alter…“

…in dem ich Hochprozentiges eher zum Einreiben benutze als zum Trinken.

ICH BIN GESCHOCKT,
WIE ALT DIE MENSCHEN
IN MEINEM ALTER SIND.

DAS GUTE AM ALTER?

Wir haben alle unsere Dummheiten gemacht, bevor es kleine Telefonapparate mit integrierter Kamera gab.

ANDERE ZEITEN ANDERE SITTEN

Wir haben damals mit sechzehn noch heimlich geraucht. Heute macht sich eine Vierzehnjährige ohne jede Scham in aller Öffentlichkeit eine Zigarette an. Und dann noch vor ihren Kindern.

FRÜHER WAR ICH JÜNGER ZUM GLÜCK NICHT ERNST

In meiner Jugend hatten wir noch richtiges Geld. Die Mark. Also West-Mark. Seit 2002 haben wir jetzt den Euro und ich kenne mich bis heute mit dem Kleingeld nicht richtig aus. Lerne ich auch nicht mehr. Wie so vieles.
Oft stehe ich beim Bäcker am Verkaufstresen, mache das Portemonnaie auf und sage zur Verkäuferin: "Ach, junge Frau, nehmen Sie sich raus, was Sie kriegen."

Das einzig Positive am Euro ist, dass man nicht andauernd Geld umtauschen und umrechnen muss, wenn man mal nach Holland zum Einkaufen fährt. Oder nach Frankreich in Urlaub. Heute kann man auch auf den Champs-Elysees sitzen und mit deutschem Geld bezahlen. Ein Jammer, dass Ernst Jünger das nicht mehr erleben durfte. Also für ihn.

Ich bin so alt:

In meiner Kindheit sagte man nicht Lifehack, da hieß das noch Trick 17.

LANGES LEBEN

Nicht wenigen Menschen wäre an einem langen Leben gelegen. Auch und vor allem, um zu erfahren, wie die Welt sich entwickelt.

Ich fürchte, ich muss mit dieser Illusion aufräumen: Und selbst wenn Sie gleich inmitten der Lektüre dieses Schmökers der Schlag trifft, Sie werden nichts verpassen. Nun könnte ich das nicht wissen, wenn ich nicht in die Zukunft sehen könnte. Kann ich auch nicht - aber in die Vergangenheit. Führen Sie sich doch mal im ARD-Nachtprogramm eine Tagesschau von vor 40 Jahren zu Gemüte: Arbeitslosigkeit, Umweltzerstörung, Nahost-Konflikt, Kriege, Tote, Naturkatastrophen und so weiter und so weiter.

Der selige John Lennon ist 1980 von uns gegangen. Leider nicht ganz freiwillig. Er zählte damals gerade mal 40 Lenze und würde bei gesundem Lebenswandel daher möglicherweise auch heute noch unter uns weilen. Ok, gesunder Lebenswandel war jetzt vielleicht nicht in allen Phasen seines Lebens seine ganz große Stärke. Aber leider hat ein psychopathischer Egomane vor über vierzig Jahren dafür gesorgt, dass wir es nie erfahren.

Meinen Sie, Herr Lennon wird heute auf uns herunterschauen und sagen: "So ein Mist, dass mich dieses blöde Arschloch damals erschossen hat. Dadurch habe ich ja so richtig was verpasst. Niemand hat doch zu meiner Zeit geahnt, dass sich die Welt so toll entwickeln würde: Sie können meine Stimme aus einem fünfzig Jahre alten Tonband extrahieren, als hätte ich es heute mit modernster Technik eingesungen. Das ist ja absoluter Wahnsinn. Toll, klasse, spitze, knorke, dufte. Ok, Sie können immer noch nicht aufhören, sich gegenseitig das Leben schwer zu machen, sich zu streiten, umzubringen, zu überfallen, zu bestehlen und sich umzubringen. Sie können Immer noch nicht den Reichtum gerecht verteilen, den Hunger in der Welt beseitigen, jeden Menschen mit ausreichend sauberem Trinkwasser versorgen oder Menschen in Frieden und Würde altern zu lassen, aber - hey - sie können eine neue Beatles-Platte rausbringen. Ok, das hat John Lennon verpasst .

SONST NICHTS!

Fein raus

Wichtig ist, dass man im Alter die richtigen Anpassungsstrategien an seine nachlassende Gedächtnisleistung findet. Ich erzähle den Leuten oft, ich sei mein eigener Zwillingsbruder, wenn sie mich ansprechen und ich mich weder an deren Gesicht noch an deren Namen erinnern kann.

OPTIMISTEN LEBEN LÄNGER?

Angeblich leben Optimisten länger, so habe angeblich die Wissenschaft festgestellt. Angeblich wirkt sich eine positive innere Haltung zu den Dingen angeblich positiv auf das Immunsystem aus und damit angeblich auf die individuelle Lebenserwartung. Angeblich.

So ein Mumpitz. Das Gegentum ist der Fall: Optimisten sterben früher. "Oh, es blinkt rot, die Schranken gehen runter, aber das schaffe ich noch locker, bevor der Zug kommt." Wumms!

OPTIMISTEN STERBEN FRÜHER!

DURCHS WILDE ANALOGISTAN

Ich stamme zwar nicht von einem anderen Planeten, aber manchmal kommt es mir so vor. Denn ich komme noch aus einer analogen Welt. In meiner Kindheit gab es noch keine Computer. Außer bei der Nasa oder so.

Heute hingegen beherrschen Computer die Welt. Dies wird besonders deutlich, wenn man sich klar macht, dass wir Menschenkinder mittlerweile von Computern aufgefordert werden, zu beweisen, dass wir keine Computer sind.

"Klicken Sie auf die Bilder mit den Treppen, mit den Bussen, mit den Hydranten. Ok, you are not a robot." - sagt ein Roboter zu mir.

Google gab es in meiner Jugend zwar auch schon, es hieß aber noch anders. Google hieß damals "Gelbe Seiten". Das Handy hieß noch Wählscheibentelefon, hatte einen Brokatüberzug, und man konnte sich genau 1.20 Meter weit weg von der Wand bewegen. Länger war das Kabel nicht. Ein Kabel am Telefon, auch das muss man jungen Menschen heute erklären. Dafür konnte man nicht plötzlich mit leerem Akku da stehen und der fünfte Balken beim Netzempfang spielte noch nicht die ganz große Rolle. Wenn wir in den Siebzigern, Achtzigern, ja noch in den Neunzigern telefonieren wollten, brauchten wir 20 Pfennig (später 30 Pfennig, auch da ging das schon los mit dem "Wird alles immer teurer!"). Und wir brauchten eine Telefonzelle - oft noch schwieriger zu beschaffen als 20 Pfennig. Die Telefonzellen waren gelb, klobig und störten das Landschaftsbild wie heute die Windräder. Aber man konnte hineingehen und die Türe verschließen. Und wenn man dann nicht herumbrüllte wie ein ausgewachsener Pfingstochse, sondern sich einer normalen Gesprächslautstärke befleißigte, konnte man Privatgespräche führen, die auch tatsächlich privat blieben. Heute erfahre ich von jedem X-beliebigen Mitmenschen, der neben mir im Bus sitzt, an der Ampel steht oder mit dem ich das Wartezimmer beim Arzt teile, dass er unter nässenden Ekzemen im Genitalbereich leide oder er, sie oder es zuletzt Geschlechtsverkehr hatte, in welcher Stellung, wie oft hintereinander, und ob es auch wirklich ein Vergnügen oder eher lästige Pflicht gewesen war.

Dies hatte leider mit dem Aussterben der gelben Telefonzelle oder ihrer pinkweißen Nachfolgerin ein Ende. Ganz früher klebten an den Telefonzellen gerne Aufkleber mit "Fasse dich kurz", dann "Ruf doch mal an", zum Schluss ja glaube ich nur noch: "Vor dem Hinaustreten Hände waschen nicht vergessen" - weil die nur noch von Besoffenen zum Strullen benutzt wurden.

In der Prä-Handy-Zeit wurde „Murphy's Law" noch so erklärt, dass ein Brot immer mit der Marmeladenseite nach unten auf den Boden fällt, heute ist es die Glasseite vom Handy.

Ein Modewort unserer heutigen Zeit ist Digital-Diät. Wir Älteren, die noch analog aufgewachsen sind, können uns das tatsächlich vorstellen, für jüngere Menschen existiert dieser Gedanke überhaupt nicht. Drei Wochen mal leben wie früher: Ohne Handy, ohne Internet, ohne Jarnischt. Gerne auf einer einsamen Insel am Ende der Welt. Problem 1: Wie findest du ohne Handy-Navigation den Weg zum Flughafen? Problem 2: Dein Ticket ist in deinem

Handy-Wallet. Du kommst nicht mal bis zum Flugzeug. Du wirst wie Tom Hanks in dem Film "Terminal" in dem verdammten Flughafen verschimmeln.

Ach ja, seufz, trotz allen Fortschritts, sie hatte schon was für sich, die analoge Welt.

FRÜHER

Wenn mir früher etwas zu Boden fiel, als ich jünger war, habe ich es einfach wieder aufgehoben.

Heute starre ich es eine Weile an und überlege, ob ich es überhaupt noch brauche.

Ich komme jetzt langsam in ein Alter,

wenn ich an einem Friedhof vorbeigehe, binden sich die Würmer schon die Lätzchen um.

BITTERE ERKENNTNIS

Es gibt Tage,
da denke ich:

“Och, so alt bist du
noch gar nicht!“

Dann höre ich mich
aufstehen.

Ich bin so alt:

Ich habe noch einen ganzen Tag überstanden, ohne zwanghaft ständig Fotos von mir selbst machen zu müssen.

Und Photo schrieb man damals noch mit PH!

A(r)men

Als junger Mann habe ich oft über den Einritt in einen Klosterorden nachgedacht.

Mit der Altersweisheit von heute ist mir klar: Mit der richtigen Frau an der Seite, ist auch außerhalb dicker Klostermauern ein Leben in Armut, Enthaltsamkeit und bedingungslosem Gehorsam möglich.

UND:

UND:

UND:

UND:

UND:

UND:

Heute ist die Sturm- und Drangzeit vorbei, die größten Klippen im Meer der Ehe sind umschifft. Viele Ehen scheitern ja daran, dass man sich im Anfangsstadium nicht über deren Teilnehmerzahl einig ist.

MULTITASKING

Früher war ich absolut multitaskingfähig: Ich konnte telefonieren, fernsehen und essen gleichzeitig. Heute ist mein Gehirn wie ein Internetbrowser: Neun Programme gleichzeitig offen, vier haben sich aufgehängt, drei reagieren nicht mehr, und ich habe keinen Schimmer, wo dieses nervige Brummen her kommt.

SEX UEBER 50

Ü50 weiß man nie:

Ist es ein Orgasmus?

Ein Herzinfarkt?

Oder einfach nur ein Krampf?

FRÜHER IN DER TELEFONZELLE:
„Tür zu, Sie Flegel, ich führe hier ein Privatgespräch, das muss ja wohl nicht jeder mithören!"

HEUTE IM BUS:
„Jo, Bro, hab nässendes Ekzem am Sack. Juckt voll, Digga. Ich schwör Doppelschwör!"

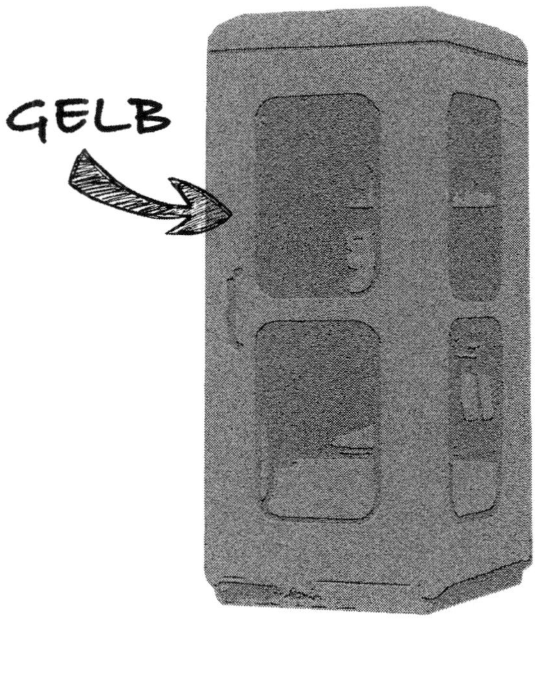

Ergänzen Sie den folgenden Satz: „Ich bin mittlerweile in einem Alter…“

... da sehe ich
lieber voll kacke
aus, aber dafür
ist mir warm.

LHundG NRW

Was du im Laufe eines langen Lebens lernst ist, die Mühlen der Bürokratie mahlen langsam. Sehr langsam. Ganz langsam. Seeehr ganz langsam. Am Anfang deines Lebens macht dir das nichts aus, denn du hast ja alle Zeit der Welt und machst dir keinen Kopp, weil dir ja völlig klar ist: Ich bin unsterblich.

Bis dir die Mühlen der Bürokratie grausam deine eigene Sterblichkeit vor Augen führen. Zum Beispiel, wenn du etwas bauen möchtest. Ein Haus zum Beispiel. Oder machen wir vielleicht eine Nummer kleiner: Eine Garage. Oder wollen wir mal nicht übertreiben, sagen wir mal: Eine Hundehütte. Weil du so einen kleinen, süßen Welpen hast, so ein knäueliges, flauschiges Etwas. Los geht es aber nicht mit einer Fahrt zum Baumark, um Baumaterial zu erstehen (und zum Getränkemarkt für die Schmierstoffe), sondern du musst erstmal rauskriegen, auf welchen Ämtern du da genau welche Genehmigungen einholen musst.

Folgendes wäre nämlich zu bedenken: Soll die Hütte aus Holz gebaut werden oder aus Titan-Atom-Keflar-Wellblech? Da wäre dann entweder das Forstamt zuständig oder der Bundessicherheitsrat. Soll unterkellert werden oder nicht? Wie ist die Statik? Wie viele Fluchtwege gibt es? (Für den Postboten!)

Dann musst du dich noch mit PETA und dem WWF einigen. Die gute Nachricht: Das war es auch schon, wenn du einen Rüden hast. Die schlechte: Hast du ein Weibchen, hast du auch noch die Gleichstellungsbeauftragte vom Tierschutzbund am Hals.

Nur mal so zum Vergleich: Die zehn Gebote haben 179 Worte, Kants Kategorischer Imperativ 17. Franz Beckenbauer vor dem WM-Finale 1990: „Geht's raus, spielt's Fußball!" Vier Worte. Vier! Aber allein der Paragraf 20 des Landeshundegesetzes NRW hat 494. Nur der Paragraf 20! Des LHundG NRW.

494 Wörter - und das ist nur der Paragraf mit den Ordnungswidrigkeiten. Also

der Paragraf, in dem aufgelistet ist, womit man gegen die anderen 19 Paragrafen davor verstoßen kann. Und damit verbringst du deine Lebenszeit.

Und wenn die Hütte endlich steht, du alle Genehmigungsverfahren durchlaufen hast, dir alle Unterschriften, Stempel, Siegel und Beglaubigungen vorliegen, dann kommt wahrscheinlich noch einer vom Veterinäramt raus zur Endabnahme, kann die Hütte aber leider, leider nicht freigeben, weil über dem Feuerlöscher fehlt das Schild "Feuerlöscher".

Ist aber nicht so schlimm, weil dein Hund ist sowieso letzte Woche gestorben - an Altersschwäche.

KONFUZIUS SAGT:

WIE ALT MAN SELBST GEWORDEN IST, SIEHT MAN AN DEN GESICHTERN DERER, DIE MAN JUNG GEKANNT HAT.

**Ich bin so alt,
ich habe noch:**

Telefonnummern
GEWÄHLT!
Mich über Kratzer auf
SCHALLPLATTEN
geärgert!
Filme im Fernsehen in
SCHWARZWEISS geguckt!

Und zwar nicht nur Casablanca!!!

SENDESCHLUSS

Früher begannen meine Sätze mit „Wenn ich...“, heute beginnen meine Sätze mit „Als ich...“. Früher war es ruhiger. Früher war es unaufgeregter. Früher drehte die Erde sich langsamer.

Das Fernsehprogramm begann erst nachmittags mit der Kinderstunde, plätscherte dann so dahin, unterbrochen von Highlights wie „Einer wird gewinnen“ oder “Aktenzeichen XY ungelöst“, samstags mal die Lottozahlen, anschließend der Spätfilm, dann kamen die Nachrichten, Nationalhymne, Schnee. Es war Sendeschluss. Es gab keine neuen Nachrichten. Das hieß für uns: Es passierte nichts. Man konnte schlafen gehen, ohne Angst haben zu müssen, etwas zu verpassen.

Heute laufen alle Sender 24 Stunden durch. Wenn man nachts durch die Kanäle zappt, packt einen das kalte Grausen. Auf RTL laufen die Wiederholungen vom Tage – für die, die so doof sind, dass sie die Handlung von GZSZ beim ersten Mal nicht kapiert haben. Auf Sport1 laufen Rateshows für ganz schwer Schädel-Hirn-Verletzte. Wo man anrufen und 800 Euro gewinnen kann, wenn man Leitung 3, 9, 15 oder 29 trifft - und die äußerst kniffelige Antwort auf ein äußerst vertracktes Rätsel weiß: Liebe geht durch den a) Magen, b) Wagen.

Ich persönlich wurde tatsächlich mal Augen- und Ohrenzeuge einer Sendung, in der Automarken mit O gesucht wurden. Als bereits von vorherigen Anrufern genannte Lösungsworte waren dort aufgeführt: Opel, Ford, Volvo und so weiter. Und während ich noch in Schockstarre vor dem Apparat sitze und Bauklötze staune, wird der nächste Anrufer ins Studio geschaltet. Der Moderator war selbst ganz aufgeregt, so gab er zumindest vor (ich glaube, er benutzte die Formulierung „wie noch nie in meinem Leben"), der Anrufer war noch aufgeregter, ich begann auch schon, mich aufzuregen, da platzte aus ihm die nächste Lösung heraus: Renault. Kein Witz. Und der Moderator schrieb das an!!!

Der Umstand, dass da wirklich Leute anrufen, ist für mich der Beweis dafür, dass der Unterschied zwischen Geist und Verblödung der ist, dass der Geist Grenzen kennt.

Aber diese Sendungen sind voll beliebt bei der relevanten Zielgruppe zwischen 16 und 49 – und damit ist wahrscheinlich der IQ gemeint.

Ich hab früher gerne „Dallas“ geguckt. Das war kulturell auch nicht gerade ein Hochamt der Fernsehgeschichte, aber ich habe es halt gern geschaut. Und war dann auch immer sehr neugierig, wie es nächste Woche wohl weiter gehen mag. Eine Woche. Eine ganze Woche. So lange musste man darauf warten, bis man wusste, wie es mit JR, Sue Ellen und Miss Elli weiter ging. Heute laufen GZSZ, Unter uns, "Berlin - Tag & Nacht" und der ganze andere Schrott jeden Tag. Wer kann das denn jeden Tag gucken? Ich jedenfalls nicht. Klar, wenn ich unterwegs bin, nehme ich es auf. Dann kann ich das ganz in Ruhe gucken – auch ohne Sendeschluss.

Zeitgefühl

Ich bin noch in einer Zeit aufgewachsen, wenn ich meine Eltern auf langen Autofahrten gefragt habe: „Wann sind wir da?“, haben die noch geantwortet: „Wenn der Aschenbecher voll ist.“

GENERATIONENFRAGE

Ich gehöre noch einer Generation an, in der Eltern noch **IHRE KINDER** für deren schlechte Zeugnisse verantwortlich gemacht haben, und nicht so wie heute **DEREN LEHRER**.

WIR HATTEN NOCH KEINE

SELFIESTICKS

BEI UNS MUSSTE NOCH DER
HÄSSLICHSTE AUS DER GRUPPE
DAS FOTO MACHEN

ASCHE ZU ASCHE STAUB ZU STAUB

Jedes Jahr gehen Millionen Tonnen von Staub auf Deutschland nieder. Und davon wird die Hälfte scheinbar genau bei uns über dem Wohnzimmer abgekippt. Aber selbst, wenn man nie mehr die Fenster öffnen würde: Wir produzieren ja selber Staub. Das, was da bei uns auf dem Wohnzimmerschrank oder auf dem Fernseher liegt, das sind wir. Zumindest mal gewesen. Abgestorbene Hautpartikel, Schuppen, Haare - und natürlich die Kacke von den Milben, die sich darin suhlen.

Im Laufe unseres Lebens verlieren wir Menschen einmal unser komplettes Gewicht an Haut. Während Schlangen und Krebse ihre Haut von Zeit zu Zeit komplett in die Altkleidersammlung geben, schälen wir uns Tag für Tag, Schuppe für Schuppe. Wir können schon auf unseren Schultern während unseres Lebens sehen, wie wir langsam zu Staub zerfallen.

KONFUZIUS SAGT:

NICHTS MACHT SO ALT, WIE DER STÄNDIGE VERSUCH, JUNG ZU WIRKEN.

Früher
war mein
Problem,

mir ein gutes
Versteck für die
Weihnachtsgeschenke
auszudenken.

**Heute ist mein Problem,
sie wiederzufinden.**

Graue Haare sind heute voll angesagt.
Wenn jetzt auch noch Biertitten, Schweißflecken und Krähenfüße in Mode kommen, bin ich voll im Trend.

VON DER SCHULBANK ZUR PARKBANK

AUF DER PARKBANK SITZEN UND SICH DARÜBER BEKLAGEN, DASS FRÜHER ALLES BESSER GEWESEN SEI, IST EINFACH. WAR ES ABER NICHT. DAS SCHULSYSTEM WAR ZU MEINER ZEIT SCHON GENAU SO SCHLECHT. DIE FÄCHER STEUERERKLÄRUNG, ZEITMANAGEMENT, UMGANG MIT NEUEN MEDIEN (DAMALS FERNSEHEN, HEUTE INTERNET), GESUNDE ERNÄHRUNG UND GRUNDLAGEN DER PSYCHOLOGIE FEHLTEN DAMALS SCHON.

ORGANHANDEL

Älter werden ist echt nichts für Weicheier. Man sieht schlechter, man hört schlechter, die Sinne versagen nach und nach ihren Dienst. Das ist, als würde die Welt um einen herum immer kleiner.

Dass die Welt immer kleiner wird, hört man ja allenthalben, dann ist aber in der Regel von Globalisierung, Internet, Echtzeitverfügbarkeit von Informationen und dergleichen die Rede. Unser menschliches Gehirn ist dazu aber auch ohne diesen neumodischen, technischen Kram in der Lage. Das setzt nämlich einfach in der Gerätekonfiguration die Übertragungsrate für die Peripheriebauteile runter. Was aber

wiederum auch ganz gut ist, da wir im Alter auch immer weniger Gehirnzellen haben, um die eingehenden Informationen verarbeiten zu könnten. Der Mensch verliert davon jeden Tag immerhin 50.000 Stück. Und trotzdem wird alten Leuten immer so was wie Weisheit zugeschrieben. Was zumindest ein Indiz dafür sein könnte, dass unser Gehirn zumindest so schlau ist, immer die dümmsten Zellen als erstes rauszuschmeißen - bei den Meisten von uns jedenfalls.
Gehirnzellen wachsen nämlich nicht nach. Und man kann sie auch nicht künstlich herstellen. Bei anderen Körperteilen ist man dazu mittlerweile in der Lage, zum Beispiel bei Hüftgelenken, Kreuzbändern, Cochlea-Implantaten für Hörgeschädigte oder oder oder. Bald werden die Radrennfahrer nicht mehr mit EPO und Eigenblut dopen oder was die sich sonst noch in den Körper pumpen, sondern sich neue Oberschenkel implantieren lassen. Ich

warte auf den Tag, an dem die Sportler mit Hilfe von künstlichen Gliedmaßen aus der Zwangsjacke der menschlichen Anatomie ausbrechen und die Hundertmetersprinter bei Olympia nur noch mit Wurfanker und Bremsfallschirm antreten können. Oder über dem Stadion ein allgemeines Flugverbot ausgesprochen werden muss, weil die Hochspringer mittlerweile in Dimensionen vorstoßen, wo es nicht ganz ungefährlich ist, sich ohne Sauerstoffgerät zu bewegen.

Warum sollte ein Athlet, der sich von Adidas Spezialsprungschuhe nach neuesten sportwissenschaftlichen Erkenntnissen anfertigen lässt, ständig irgendwelches Kohlehydratzeugs in sich reinschaufelt und, wenn das nicht reicht, noch mit Anabolika nachhilft, davor zurückschrecken, sich Mega-Super-Sprunggelenke implantieren zu lassen? Und dann wird es bald auch soweit sein, dass wir Normalbürger uns auch aussuchen können, ob wir mit unse-

ren gottgegebenen Organen weiterwursteln wollen, oder ob man sich lieber den letzten Schrei einbauen lässt. Beispielsweise neue Füße, weil sie größeren mechanischen Grip und höhere Abriebfestigkeit auf langen Strecken versprechen.
Dabei ist jedoch unbedingt darauf zu achten, dass Sie nur Originalteile verwenden. Die Versuchung ist dann sicherlich groß, sich günstigere Körperteile aus dem Zubehörhandel zu holen. Aber Achtung, da können Sie großen Ärger bekommen. Das kennen Sie doch von der Verkehrskontrolle, wenn Sie die Sportfelgen beim TÜV nicht haben eintragen lassen. Da laufen Sie Gefahr, wenn Sie keine Allgemeine Betriebserlaubnis vorweisen können, dass ihr Körper an Ort und Stelle stillgelegt wird.
Daher der Ruf nach Spenderherzen und Spendernieren. Denn die Wenigsten spenden ja freiwillig ihre Organe. Die Nachfrage jedoch übersteigt das Angebot

ja heute schon bei Weitem, so dass man alle Ampeln in diesem unserem Lande wochenlang auf grün stellen müsste, bis man genug Verkehrstote zusammen hätte. Denn als Nierenkranker auf der Warteliste muss man ja regelrecht froh sein, dass der Straßenverkehr das Reservoir an Spendern künstlich vergrößert.

Daher wird so mancher Dialysepatient mit Freuden der Tagesschau entnehmen, dass auf der A3 wieder 50 Autos im Nebel ineinander gerauscht sind - vielleicht ist ja was Passendes dabei.

Zu meiner Zeit hieß das noch:

Oh, toll von dir.
Vielen Dank!

Und nicht:

Ich küsse deine
Augen, Bruder.
Nächste*Döner geht
auf mein* Nacken.

* = sic!

Ich bin mittlerweile in einem Alter, wo mein Körper mir am nächsten Tag schon mal ganz leise ins Ohr flüstert:

Mach!
Das!
Nie!
Wieder!

GESUNDER SCHLAF

Seit ich ein gewisses Alter erreicht habe, schlafe ich nicht mehr durch. In jeder Nacht wache ich mindestens drei Mal auf. Und zwar immer dann, wenn meine Frau mir in die Rippen pikst, weil ich (angeblich) schnarche.

Ich bin so alt:

Ich bin noch zur Schule gelaufen und nicht mit dem SUV bis ins Klassenzimmer gefahren worden.
Im Kunstunterricht habe ich noch Aschenbecher getöpfert.
Und wenn ich nach den Hausaufgaben zum Spielen rausgegangen bin, war ich weg. Nicht erreichbar. Meine Eltern haben mich nicht getrackt. Und bei ihnen ging kein Alarm auf dem Handy los, weil ich die von ihnen festgelegte Zone um unser Haus verlassen habe.

Und nach Hause musste ich, wenn die Laternen angegangen sind - und nicht, wenn meine Mutter 'ne Whatsapp-Nachricht geschickt hat.

Kann sich noch jemand daran erinnern,

dass der Fernseher früher das halbe Wohnzimmer eingenommen hat?

Dass man noch ein paar Minuten warten musste, bis er „warmgelaufen“ war?

Und wenn man ihm zu nahe gekommen ist, hat es geknistert.

Spooky!

KONFUZIUS SAGT:

WENN DEIN PARTNER SAGT, DU SEIST KINDISCH, NIMM ES ALS KOMPLIMENT.

MEIN LETZTER WILLE

Machen wir uns Männer nichts vor, die statistische Wahrscheinlichkeit ist nicht gerade gering, dass wir vor unseren Gattinnen das Zeitliche segnen werden. Und das wiederum bedeutet, dass die dann Hinterbliebene unser Begräbnis ausrichten wird.

Jetzt will deine trauernde Witwe dich natürlich gut unter die Erde bringen - es soll ja ein schöner Tag für alle werden. Dabei steht die Gattin aber vor einer ebenso kniffeligen wie delikaten Situation: Es gibt eine Zeitspanne zwischen deiner Beerdigung und dem letzten Mal, als du deinen besten Anzug getragen hast - nämlich bei der Beerdigung deines letzten

Freundes, der vor dir gestorben ist. Oder bei deiner Hochzeit. Oder bei deiner Kommunion. Wann auch immer: In der Regel hast du seitdem um die Hüften etwas zugelegt. Das Problem ist jetzt: Ein Bestattungsunternehmen nimmt es vom Lebendigen – von wem auch sonst – also der Witwe. Die Gute will sich natürlich einerseits nicht lumpen lassen, und daher keinesfalls am Streuselkuchen sparen, aber andererseits überlegt sie, ob es tatsächlich Not tut, Ihnen einen neuen Anzug zu kaufen. Sie werden ihn zwar länger tragen als jeden anderen vorher, aber es sieht ja keiner mehr.

Also nimmt sie aus dem Kleiderschrank den nächstbesten Anzug und lässt dich vom Bestatter da irgendwie reinzwängen. Und wenn es ganz eng wird, das wissen wir von wallraffenden Investigativjournalisten, schneiden die den hinten einfach auf. Du liegst quasi im Sarg, vorne alles tippitoppi, als wenn du selig schlummerst, aber hinten ist alles offen. Und unten ist ja die kalte Seite.

Deshalb denken Sie daran: Schreiben Sie nicht nur in Ihr Testament, welche Musik auf Ihrer Beerdigung gespielt werden soll, welche Inschrift auf Ihren Grabstein, ob die Leute Blumen mitbringen oder die Kohle lieber spenden sollen, schreiben Sie auch hinein, dass Sie auf einen neuen Anzug bestehen.

Sie sind über 50 – haben Sie noch Ziele?

Ich möchte den Tag erleben, an dem die Pralinenschachtel erfunden wird, wo die Pralinen auf der Oberseite beschrieben werden.

Älter werden - und das auch noch feiern???

Vielen von uns graut es vor dem eigenen Geburtstag. Man hat die Bude voll, die Bagage frisst einem den Kühlschrank leer und mit dem meisten Geschenken kann man sowieso nichts anfangen oder hat sie schon.

Dazu muss man stundenlang langweilige Telefonate führen: "Oh, toll, dass du daran gedacht hast. Voll lieb." Auf Deutsch: Wir haben uns schon das ganze Jahr über nichts zu sagen, warum rufst du also ausgerechnet heute an und nervst mich die nächste halbe Stunde?

"Ja ja, die Kinder bleiben heute Zuhause. Die Kleine geht nur später zum Reiten - ist ja bezahlt, ne. Kann man ja nicht ausfallen lassen. Was? Ja, wir müssen uns unbedingt mal wieder treffen. Ja nee, das sagen wir aber jetzt nicht einfach nur so, das machen wir jetzt wirklich." Dir geht schon in einem dreiminütigen Telefonat nach einer Minute der Gesprächsstoff aus, warum solltest du einen ganzen Abend so sinnlos verschwenden?

"Ja nee, wir machen heute nichts Besonderes. Heute Abend 'ne Pizza bestellen oder so." Was natürlich glatt gelogen ist, aber die einzig realistische Möglichkeit, den bzw. die Anrufer davon abzuhalten, einem auch noch auf die Bude zu rücken. Sollte sich trotzdem jemand nicht abhalten lassen, hat man heute wenigstens keine Brandlöcher mehr in Teppich und Sofa, da selbstverständlich nur noch im Garten geraucht wird. Deshalb spielt sich das gros der Party auch dort ab, weshalb die Nachbarn am liebsten schon um acht aufgrund der Lautstärke die Polente holen würden. Aber entweder sitzen sie mit am Trog oder sprechen sowieso seit Jahren schon nicht mehr mit dir.

Die Gefahr des "mal eben Vorbeikommens" besteht zum Glück bei denen nicht, die dir nur eine lieblose Whatsapp-Nachricht mit dem Torten-Emoji und dem Smiley mit der Tröte schicken. Wahlweise auch die zwei anstoßenden Sekt- und/oder Biergläser.

Fürchterbar - und schließlich ist man auch noch schon wieder ein Jahr älter. Und das soll ein Grund zum Feiern sein? Ja, denn Geburtstage sind gut für die Gesundheit. Wissenschaftler haben in aufwendigen Studien und jahrelangen wissenschaftlichen Testreihen herausgefunden, dass Menschen, die öfter Geburtstag haben, länger leben.

Konfuzius sagt:

Glück im Alter bedeutet, in den Keller zu gehen, und zu wissen, was man dort wollte.

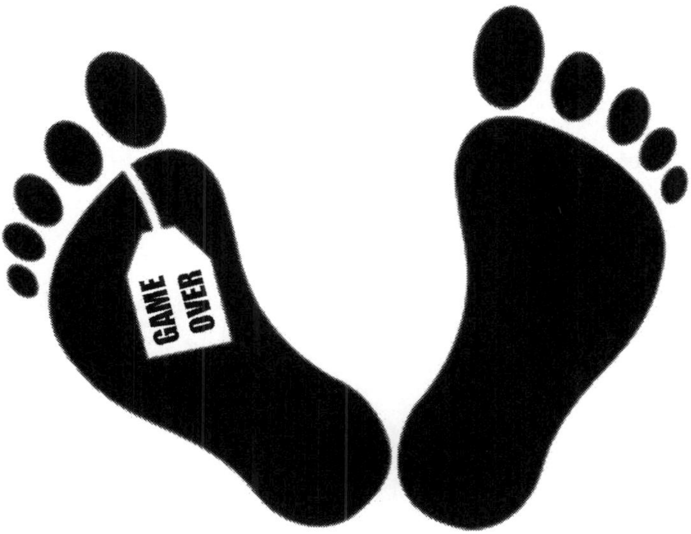

Das Erste, was ich morgens nach dem Aufwachen mache, ist immer erst gucken, ob nicht ein Zettel an meinem großen Zeh hängt. Bis jetzt ist es noch immer gut gegangen. Glück gehabt. Bis jetzt.

Ich bin so alt:

In meiner Jugend hießen **Foodtrucks** noch **Imbisswagen**.

Pöhlen

Heute melden die Eltern ihre Kinder aus dem Fußballverein ab, wenn deren Mannschaft zweimal hintereinander auf Asche spielen musste. Kunstrasen ist das Mindeste, darunter geht nichts. Zum Training wird die Brut mit dem Automobil chauffiert, und wenn der kleine, angehende Messi mal nicht in der Startaufstellung steht, kann der Trainer sich aber auf eine Ansage gefasst machen, die sich gewaschen hat. Dabei muss man noch froh sein, wenn er oder sie überhaupt noch Fußball spielt. Also so richtig. Draußen. Und nicht auf der Play Station.

Wir haben Fußball noch vor dem Haus gespielt. Oder dahinter. Wenn wir Glück hatten, waren unsere Tore die Teppichstangen, im Normalfall zwei zusammengeknuddelte Jacken und wer als Letzter in die Mannschaft gewählt wurde, hatte auch im realen Leben keine Chance.

UND FOLGENDE REGELN WAREN DABEI BINDENDER ALS DAS GUNDGESETZ:

- **DREI ECKEN = EIN ELFER**
- **DER DICKSTE MUSS INS TOR.**
- **EGAL, WIE ES STEHT: DAS LETZTE TOR ENTSCHEIDET.**

Auch in Alter ist sportliche Betätigung sooo wichtig, um nicht einzurosten. Man soll aber auch nicht sofort über-treiben. Ich habe mir daher keinen Schrittzähler geholt, sondern erstmal einen Bewegungsmelder.

INFLUENCERIN KLEMENTINE

Ständig bimmelt mein Handy, weil gerade auf Twitter wieder irgendein Thema trendet. Dann habe ich mich gerade daran gewöhnt, dass Twitter jetzt X heißt und mich bei Facebook zurecht gefunden, da heißt es schon wieder: "Facebook ist out, bist du noch nicht bei Instagram?" Dann bin ich bei Instagram, dann ist aber schon wieder TikTok angesagt. Eine gigantische Werbeblase, die einzig und allein dazu da ist, damit die Heidi Klums und Kim Kardashians dieser Welt ihre Beauty-Produkte, ihr Parfum oder ihre Mode-Linie an den Mann bringen können, raubt uns nicht nur den letzten Nerv, sondern auch und vor allem wertvolle Lebenszeit. Eine Million Dollar kriegt diese Frau Kardashian für einen Instagram-Post, in dem sie ihren Lipgloss oder anderes Zeugs promotet.

Können Sie sich noch an die Werbe-Ikonen unserer Zeit erinnern? An den Melitta-Mann? Den Eduscho-Mann? An Herrn Kaiser von der Hamburg-Mannheimer? Oder den Typen aus der Ariel-Werbung: "Da weiß man, was man hat; Guten Abend." Das waren ganz normale, biedere Typen. Der einzige, der ein bisschen aus der Reihe fiel, war Meister Proper. Der hat damals schon einen Ohrring getragen - und die Wohnung geputzt. Unsere Influencerinnen hießen Frau Sommer und Tante Tilly: "Sie baden gerade Ihre Hände drin." "In Geschirrspülmittel? " Nein, in Palmolive." Und der heißeste Feger unserer Influencerinnen war Frau Antje aus Holland: Pumprock, Holzklocks und eine blöde Haube auf dem Kopp.

Heute sind in der Werbung nur hippe, junge, coole, aalglatte, gutaussehende Menschen. Eine wie Klementine hätte doch heute keine Chance mehr in der Werbung. Man schaut lieber junge, sportliche Körper an. Und ich verstehe das einerseits. Ich versteh auch, dass man in einer Bierwerbung keine Leute einsetzt, die so aussehen, als wenn sie selber jeden Tag einen Kasten Bier trinken würden. Oder in einem McDonalds-Spot welche aus "Mein Leben mit 300 Kilo." Auf seinen Körper zu achten ist ja gesund, aber die Werbung macht einen monstermäßigen Körperkult daraus. Und das ist nicht gesund - für unseren Kopf.

Frau Kardashian hat sich übrigens ihren Hintern versichern lassen - für über 20 Millionen. Wer kommt denn auf die Idee, sich seinen Hintern versichern zu lassen? Doch nur die, die wissen, dass bei einer Kopfverletzung wesentlich weniger rausspringt

KINDERZEIT

Wir haben noch “Wer hat Angst vorm schwarzen Mann?“ gespielt.

Und niemand hat dabei an einen Afrikaner gedacht.

DIE GUTE NACHRICHT

In den letzten 100 Jahren hat sich unsere Lebenserwartung fast verdoppelt. In den letzten Jahren ist sie durch Corona wieder ein bisschen gesunken, aber insgesamt ständig gestiegen - und steigt weiter. Wer heute geboren wird, wird schon mal mindestens 80 Jahre alt. Und Frauen haben sogar noch eine fünf Jahre höhere Lebenserwartung als Männer: Oder anders formuliert: Die meisten Männer überleben die schlimm-sten Krankheiten, die wenigsten ihre eigenen Frauen.

Fragt sich, woran es denn nun liegt, dass Frauen fünf Jahre länger leben. Eine These ist: Weil Frauen kleiner sind - und kleinere Lebewesen leben länger: So ein großer gemütlicher Berner Sennenhund wird nur höchstens acht Jahre alt, ein kleiner, giftiger Dackel kann bis zu 16 werden. Wobei ich jetzt hier keine Vergleiche zu Männern und Frauen anstellen will - aber auffällig ist es schon...

Aber dann müssten kleine Männer ja auch älter werden als große, das ist aber nicht der Fall. Also wäre doch jetzt interessant zu wissen: Gibt es denn Männer, die älter werden als... Männer? Also überdurchschnittlich. Und die gibt es tatsächlich, nämlich Mönche. Ordensmänner werden im Schnitt älter als der Rest der männlichen Bevölkerung. Dies führt jedoch zu einer weiteren Frage: Was haben Frauen und Mönche gemeinsam? Beide tragen Kleidungsstücke, die unten offen sind. Allerdings Frauen ja zunehmend weniger*, das kann also nicht des Rätsels Lösung sein. Mönche sind still, genügsam und können vergeben - das kann es also auch nicht sein. Aber in der Tat gibt es eine große Gemeinsamkeit zwischen Frauen und Mönchen, und zwar die, dass beide Personengruppen nicht meinen, sich andauernd mit irgendwelchem idiotischen Imponiergehabe profilieren zu müssen. Sowohl Frauen als auch Mönche sieht man seltener beim Bungeejumping, sie müssen beide nicht zwanghaft beim Skifahren unbedingt die schwarze Piste runterballern, sich mit 50 noch einen Porsche kaufen oder ein Motorrad, um nochmal zu zeigen, wie männlich sie sind - bis zum nächsten Brückenpfeiler.. Frauen setzen sich einfach weniger Risiken aus zu sterben, und das ist prinzipiell keine schlechte Überlebensstrategie.

*: "Zunehmend weniger" klingt irgendwie komisch. Der Fachmann spricht: Oxymoron.

KONFUZIUS SAGT:

JE ÄLTER ICH WERDE, DESTO HÄSSLICHER TRAUE ICH MICH, VOR DIE TÜR ZU GEHEN.

Lebenszeit

Wie viel der uns gegebenen Lebenszeit können wir eigentlich aktiv nutzen? 24 Jahre verbringen wir mit schlafen, fünf Jahre mit essen, ein Jahr in der Schule, zwölf Jahre mit reden. Da soll es allerdings Abweichungen zwischen zwischen Geschlechtern geben. Zehn Jahre verbringen wir mit fernsehen, ein halbes Jahr unseres Lebens sitzen wir auf dem Klo - auch da deutliche geschlechtsspezifische Unterschiede. Zwei Jahre unseres Lebens verbringen wir mit Sport - die Frauen mit treiben, die Männer mit gucken. Und ein Jahr seines Lebens verbringt der Mensch mit warten. An der Ampel, am Fahrkartenautomat, beim Arzt, im Stau, an der Supermarktkasse oder in der Warteschleife. Und auch jetzt geht doch schon wieder die Warterei los – auf das nächste Buch.
Tschüss!

Printed in Poland
by Amazon Fulfillment
Poland Sp. z o.o., Wrocław

49399858R00060